跟著歷史名人去遊歷

結巴貴公子韓非說故事

作者——王文華 繪者——陳虹伃

作者序

看韓非如何克服逆境

結巴貴公子名叫韓非，他是戰國時代韓國的貴族。這個韓國可不是現在哈韓族口中的韓國，它是戰國時代七個大國中的一國。

戰國時代是一個國君愛打仗，成天想併吞別國的年代。國家需要人才，每位國君求才若渴，每個人才也都希望遇到明君。

韓非想出頭，但是他有嚴重的口吃，屢屢遭到國君的拒絕，卻不因此卻步。他把自己的著作送到其他各國，期待哪個國君看了會願意接見他，讓他一展所長。

機會終於來了！遠在西邊的秦王看見他的文章，驚為天人，立刻

派了豪華大馬車，隆重的邀請他去秦國。韓非一到秦國，雖然說話不流利，卻因為文章寫得好而受到敬重。

韓非是寫故事高手，他寫的寓言故事詼諧幽默，最厲害的是，他把重要的思想以淺白的故事表達出來，道理一讀就懂。我們現在常用的成語，包括自相矛盾、守株待兔、濫竽充數等，都是出自於他的故事。

在那個愛打仗的年代，想要讓國君重用你，你就得提出一套學問。即使說話不流利也沒關係，透過文字，韓非還是提出了精闢的見解。

我們有幸，還能讀到千年前這位大師的作品，體會韓非生存的年代，領悟他故事裡的道理。更重要的是，學習他永不放棄的精神！

目次

人物介紹

韓非

韓非很會說故事，可惜他一見到人，講話就結結巴巴。在名嘴當道的戰國時代，想靠說故事謀個一官半職實在不容易，他能找到真正賞識他的大王嗎？

韓明

韓非會結巴，韓明不會；韓非會寫故事，韓明也不會；他們兩人結伴一起闖天下。大家都說韓明講的故事好精采，這些精采的故事，到底從哪兒來的呢？

宋國農夫

宋國農夫在路邊虔誠的拜一棵柳樹。這棵樹不尋常，會吸引兔子自己來撞。趕快準備好烤肉、刷子和烤肉醬，當下一隻兔子來撞樹時，說不定他會樂意分你一支烤兔腿嘗嘗。

南郭先生

南郭先生不會吹竽，卻加入王宮大樂隊，和三百個人一起吹竽給齊王聽。反正有兩百九十九個人會吹，他只要好好表演吹竽的樣子就好。沒想到新大王上任，喜歡聽獨奏，這下子南郭先生可煩惱了。

楚王

年輕的楚王最愛聽故事，尤其是笨人的故事。他最愛嘲笑鄭國人，覺得鄭國的呆子特別多，從來沒人敢在他面前講楚國的笑話。直到聽了結巴貴公子的故事後，他的眼神不一樣了。至於是什麼故事？等你來讀嘍！

韓非是戰國時代的人，戰國時代大家戰來戰去，國君希望找到人才，幫他治理國家；人才希望投靠國君，一展抱負。韓非是個人才，有一肚子學問，可惜，他只要一見到國君，連話都說不清楚。從韓國到齊國、宋國，再到楚國，誰才能真正懂他，願意聘用他呢？

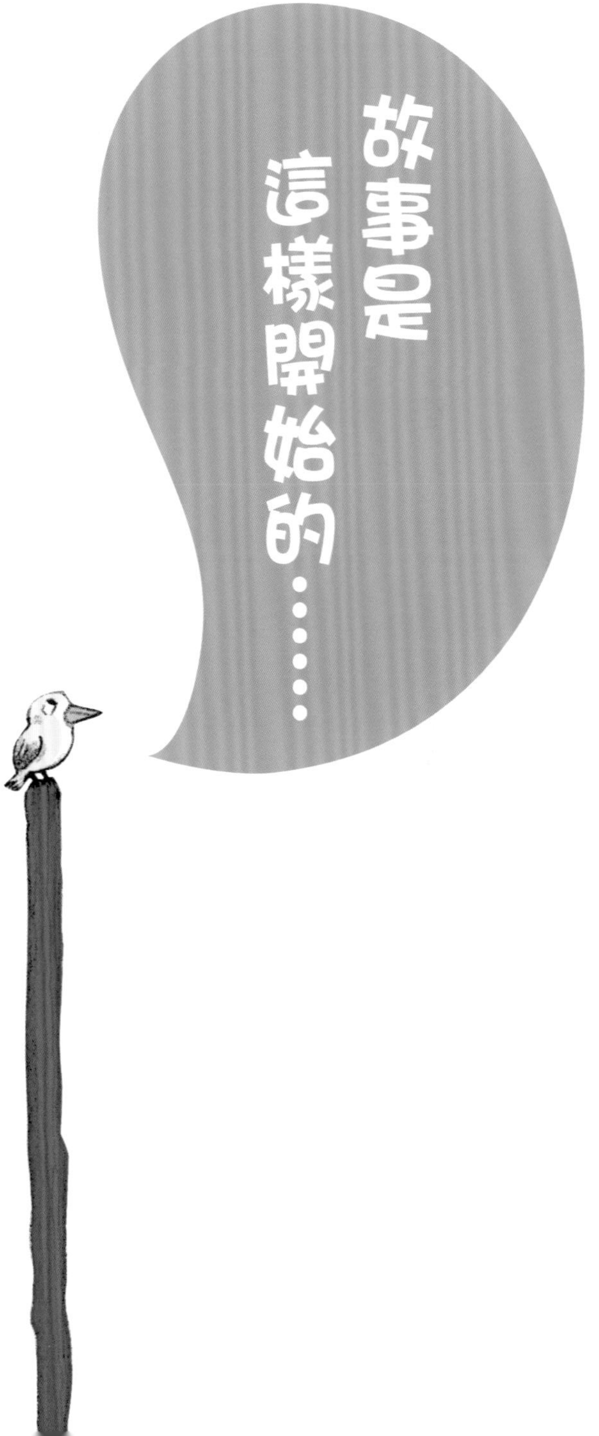
故事是這樣開始的……

芒草尖上的小猴子

費國大王喜歡微雕藝術。

微雕就是在很小的地方，刻上很小的東西。花生殼上雕小船，船上的窗戶可以打開，裡頭有人物。米粒上刻詩篇，每一首詩的筆畫都清清楚楚。

費王有黃金白銀，只要有人會，再多價錢，他都願意付。

「徵微雕大師，越精巧賞金越高。」告示貼滿了大街小巷，引來許多能工巧匠。

秋毫大師因此而來，他矮矮的、胖胖的，抿著嘴直笑。

費王見過不少藝術家，他問秋毫大師：「你會刻什麼呀？芝麻上雕朵花？貝殼上刻幅畫？」

秋毫大師瞇著眼笑了笑：「大王，一般的微雕您都見過，但是我會的，您一定沒看過。」

費王的耳朵幾乎要豎起來：「哦，寡人沒見過，那會是什麼呢……」

「芒草，大王看過吧？」

「刻在芒草桿上嗎？寡人見多了。」

秋毫大師搖了搖頭：「芒草的尾端，是最尖最細的地方，我能在那裡刻一隻小猴，大眼尖嘴，四肢隨風搖動，這樣的作

品，大王可曾見過？」

「沒……沒有啊，」費王連神情都變了：「先生，請坐，請坐。」

秋毫大師眼睛亮了：「大王，芒草尖上刻猴子不容易，除了我要準備，大王也得配合。」

「是是是，先生儘管吩咐，費國上上下下都會配合您。」費王對秋毫大師更恭敬了，自從老大王過世後，他的態度從沒這麼恭謹過呢！

秋毫大師的條件有三條：

半年內，費王不能出宮遊玩。

不能喝酒吃肉。

最後一條，想看大師雕出的作品，只能在大雨乍停，陽光初探的時候。

條件聽起來很簡單，做起來不容易。

費王喜歡打獵，要他半年不出宮打獵，幾乎不可能。

宮庭天天辦宴會，諸國使臣來訪，獎勵有功的將領大臣，這些場合不得不喝酒。

即使留在宮裡，沒喝酒吃肉，老天不下雨，費王也看不成小猴子。

一天過一天，一個月又一個月。

心急如焚的費王，總是看不見芒草尖上的小猴子。

秋毫大師不急，他悠閒的住在宮裡，享受奢華的一切。

食物是最頂級的。

住所是最豪華的。

對了，還有待遇，他的待遇跟宰相同一級。

但是費王不在乎，錢不是問題，問題在他自己。要是不去打獵，不喝酒吃肉；要是老天肯下場大雨，雨後又有陽光……

一個刀匠進宮，請求見費王。

「大王，小人是做刀具的，雖然我不會在芒草尖上刻小猴，卻知道一個道理：再美再小的藝術品，總要用刀來刻，而且雕刻刀一定要比作品小，否則下不了刀。」

費王聽了很納悶：「這個道理誰不懂呢？還要你特別進宮

來。」

刀匠抬起頭：「請大王想一想，芒草尖比針尖還要小，小人雖然會打刀磨槍，卻磨不出比芒草尖小的刀啊！」

「有道理。」這麼一說，費王有興趣了，他吩咐：「快把秋毫大師的刀具找來，寡人要看一看。」

* * *

曹國大殿上，我把故事說到這兒，等著曹王問後來。

沒有問後來，故事就不能繼續嘛！

曹王正忙著搓腳丫：「你講完了沒有？」

「還沒，還沒。」我連忙說：「秋毫大師聽到費王要看刀具，知道自己的騙術被識破，連夜就跑走了。」

曹王放下腳丫，瞪大了眼：「這故事在取笑寡人嗎？」

「不不不，這故事講的不是您呀，這些故事都是韓非公子寫的，他是說事情要查明真相，不能聽信別人的片面之詞。」

「他為什麼不自己講呢？」曹王跺了跺腳，用剛搓過腳丫的手，指著韓非說。

「我……我……我結……巴。」韓非漲紅了臉，好不容易才說：「請韓……明……代我說。」

「結巴？哈哈哈，你這個樣子，還想來教寡人當大王？寡人……寡人如……果跟你……學，豈不是……讓……讓天下人笑話？」曹王故意學韓非講話，大殿裡的官員，也都跟著笑了起來。

韓非急得拉拉我的衣袖，我連忙解釋：「大王，人不可貌相，韓非公子說話比較慢，思想卻比一般人靈活流暢，他的思想全寫在這本書裡，大王看完再決定要不要用來治理天下。」

「笑話，要寡人聽個結巴說故事，來人，把這兩個騙子趕出去。」

曹王的侍衛如狼似虎，拎著我們就像拎隻小雞般，拎到宮

外手才鬆開：「別在這附近閒晃，不然，我看見你們一次，揍一次。」

「哼！走就走，有什麼了不起。」一出宮門，韓非口吃的毛病立刻好了。

我抱怨：「韓非，如果你別結巴，曹王，不，連之前的費王、中山王或衛王，他們早就留你下來當官。」

韓非瞄了我一眼：「我如果見這些大王不口吃，還需要請你來代我說故事嗎？」

他說到這兒，搖頭晃腦的走了。

我看著他的背影，搖搖頭，跟上他的腳步。

費王被騙是因為他自大自滿。
胡說！寡人從不自大。
自大的人不聽別人的建議。
寡人最愛聽建議！
您的華麗衣服這麼多，不用再做了吧？
不多，才三千件。
貴國的士兵……
寡人的士兵天下無敵。
如果拿點黃金犒賞他們，提振士氣……
不用，他們忠心耿耿，每餐只要半顆饅頭。
不給我們吃飽，就不讓你好過！

南郭先生不會吹竽

韓非是我們韓國的公子，大家都說他聰明。

長長的文章，他看一遍就背得出來。

寫得很複雜的計策，他瞄上一眼，就能推出結果。

他下起棋來，在我們韓國找不到對手。

韓國的人都相信，韓非公子必定

能讓積弱不振的韓國，躋身強國之列。可惜，他第一次見到韓王時，竟然緊張得結結巴巴。

韓王給他一次又一次的機會。

「我……我……我是韓……非。」

他的結巴，讓他喪失一次又一次的機會。

沒辦法在大王面前完整表述意見的人，怎麼統御三軍，治理國家？

最後，大王再也沒宣他進宮。

奇怪的是，只要不是面對大王，私底下的韓非能言善道、舉一反十，對各國的政治，都能提出一針見血的看法。他想出來的對策，被官員採用後，都獲得大家讚賞。

「這麼好的人才，卻有口吃。」

「你應該再試一次。」

人們鼓勵他，希望他再去見韓王。

韓王不願見他，韓非也不想再去見大王。

他邀我：「韓明，我們結伴去闖天下吧！這種亂世，誰說結巴不能當英雄呢？」

「沒錯，你一定是跟我們韓王八字不合，天下有這麼多國家，絕對有個大王等著你，而你正等著跟他說故事。」

韓非把他寫的文章收一收，準備給全天下的大王。

他拉著我跳上馬車：「走了，闖天下嘍！」

天下這麼大，韓非相信總會找到看重他的大王：「到那個時候，我幫他打天下，治理國家。」

走南闖北，奔東跑西。

春去秋來，日復一日。

荷月大暑
桂月秋分

天下有這麼多的國家，有的大，有的小，有的強，有的弱。

然而，不管大王的年紀、高矮，甚至鬍子的長短，韓非見到他們都是：「我……我是……韓……非。」

「結結巴巴，出去吧！」

我們被趕出一個又一個的王宮。

直到齊國。

齊國王宮高大宏偉，外頭一列人高馬大的侍衛。

高高的侍衛隊長佩著長劍，威風凜凜。

韓非仰著頭，對他說：「我們想見齊王。」

侍衛長連看都不看我們一眼：「不行。」

韓非說：「我們是去跟大王講故事的。」

「講故事？」侍衛長低下頭：「那更不行。」

「說的是故事，裡頭的道理卻能拿來治理國家。」我介紹韓非：「這是韓國來的韓非公子，他說的故事每個大王都愛聽，不讓我們進去，小心齊王怪罪下來……」

侍衛長的眼睛瞪得像牛鈴：「我們齊王不聽故事，只聽音樂。」

「音樂？」

「沒錯。」

齊
齊

「韓非公子沒空彈琴唱歌。」我老實的說。

「那就是不會嘛！」侍衛長難得低下頭來，「如果你們早一年來，那時老大王還在，就算你什麼樂器也不會，我還能讓你進去混口飯吃。」

「真的嗎？」我和韓非同時問。

侍衛長笑著說：「老大王喜歡聽大型樂團演奏，尤其是竽樂隊，三百個人同時吹竽，他說這樣聽起來才過癮，老大王又大方，吹竽手的俸祿都很高。」

「我不會吹竽啊！」韓非說。

侍衛長把聲音壓低：「南郭先生也不會吹啊！」

我不信：「怎麼可能？」

「南郭先生不會吹竽卻會吹牛，他跟老大王說自己很會吹竽，老大王就把他編進樂隊裡，享有頭號吹竽手的待遇。」

韓非問：「你們老大王難道聽不出來嗎？」

「三百人同時吹竽，聲勢浩大，老大王的耳朵再靈敏，也聽不出來誰是真的會

吹，誰又只會裝模作樣啊！」

我拍拍手：「太好了，我也進去吹竽吧！我再找機會跟老大王講韓非公子的故事。」

侍衛長搖搖頭：「你們又不會吹竽。」

「可是你剛剛說……」

侍衛長把手一揮：「老大王年前過世，新大王雖然也喜歡聽竽……」

「那不是很好嗎？」我問。

侍衛長眼睛又瞪大了：「新大王喜歡聽獨奏，讓吹竽手一個一個吹給他聽，最會裝模作樣的南郭先生都溜走了，你們還想進去嗎？」

不當濫竽，你得先練本事。
我有很多本事，其中一件是吹竽。
你會吹竽？
!?
你們都不會吧！
!!
但我們會假裝吹竽。
不行！你們要找個有興趣的事，開始學習。
我想學騎馬！
我想學射箭！
我想學寫字！
我想學吹竽！
但你只是個濫竽……
我報名了齊竽樂團，今天開始練習，以後就真的會吹竽了。

等待兔子撞樹的農夫

宋國是個農業大國，這裡人們種小麥也種菜。

一路上，韓非不止一次提到：「如果我來治理這個國家，除了農產，也要提高手工業。」

韓非看著四周，擘畫他的治國理念。

小路邊，金黃色小麥結了飽滿的穗，綠色葉菜在風中搖曳。

中間倒是有一片田，怪怪的。

四周的農田乾乾淨淨，麥子照顧得油油綠綠。只有那塊田地長滿跟人一樣高的雜草。

一個農夫坐在柳樹下，神情悠閒的望著我們。

「先生，休息啊？」韓非問。

「我在工作。」農夫說。

我很疑惑：「別人的農作物長得很好，你這塊田都是雜草。」

農夫站起來，走到我們的馬車邊，壓低音量說：「告訴你們一個祕密，你們千萬不要說出去。」

「祕密？」韓非一聽，有精神了。

「我們不會告訴別人。」我打包票。

「幾個月前，我在田裡耕作時，林子裡跑出一隻兔子。」

「你是說，你獵到一隻兔子？」

農夫得意的說：「不需要打獵！那隻兔子跑出來，自己撞上這棵樹。」

「一隻兔子自己撞上大柳樹？」我很懷疑。

「我用我的五畝良田發誓，這是千真萬確的事，那隻兔子又肥又大，自己一頭撞死在這棵樹下，我提回家一秤，足足五斤重，我們一家吃了三天才吃完，你們若不相信，我帶你們回家問我家人去。」

農夫說到這兒，抹抹嘴角，彷彿那隻兔子還在他的嘴裡。

「真是幸運極了。」韓非說。

我比較想知道：「你是清蒸還是紅燒？」

「一半紅燒，一半油炸，滋味美極了。」農夫拍拍我的肩膀：「真的非常好吃！你們如果多等一下，下一隻兔子來了，我就請你們吃。」

韓非問：「還有兔子會來？」

農夫點點頭：「這棵柳樹是神樹啊！否則兔子怎麼會來撞樹，等我捕到兔子，別跟我客氣，我請你們吃。」

我聽得好開心：「太好了，從早上到現在，我都還沒吃半點兒東西呢！」

韓非卻有疑問：「這裡天天都有兔子來撞樹？」

「那倒沒有。」

韓非追問：「你捕過幾隻兔子？」

我搖頭：「你問那麼多做什麼，安心等著吃吧！」

農夫伸出食指在我們面前晃呀晃。

「一隻？」我問。

農夫點點頭：「但是下一隻兔子隨時會來，放心，我會繼續守在這裡，總有一天等到牠。你們要不要陪我一起等，這裡的樹蔭很涼爽，抓到兔子，我們不必提回家，就在這裡烤來吃，把牠烤得外焦內嫩，那才是人間美味。」

他說的那麼得意，韓非卻拉著我走。

「韓非，你不吃兔子？」我問。

「這是個傻子，寧可讓田地荒蕪，也不肯耕作，你也想跟他一樣嗎？」

唰！他甩一下馬鞭，馬車動了起來，「別擔心，等我來治理宋國，我會讓老百姓多讀點書，書一讀，就沒問題了。」

你在這裡偷懶。
我沒有。
那你為什麼還不去耕田。
因為下一隻兔子隨時會出現。
不改變錯誤的方法，是不懂變通。
我是堅守原則。
下大雨了，別在樹下吧！
我要有始有終。
有人對你提出建議，你就生氣，是老頑固。
我一點也不生氣！
千萬別去撞樹！

宋國是個小國。

他們的城門小小的，城牆矮矮的，連城門外的樹也都低低的。

守衛只有三個人，個個凶巴巴的，手裡的長刀白晃晃。

我們的馬車被攔下來：「停下來，不能進去。」

「我家韓非公子來見宋王。」我說。

「有邀請信函嗎？」

「那倒沒有。」

「回去回去！宋王是隨便見老百姓的嗎？」守衛不耐煩的說。

韓非掀開簾子：「長官，要怎樣的人，才能見宋王？」

三個守衛斜瞇著眼：「錢，你們有嗎？」

「你們是說，要送錢給宋王，他才肯見人？」

帶頭的守衛搖搖頭：「想打此門過，送點錢財給我。」

「賄賂你？」韓非嘆口氣：「那也可以，等宋王讓我當官。」

「你現在沒錢？」另一個守衛問。

韓非指指我：「我這位兄弟愛吃肉，無肉不歡，錢全被他吃光了。」

三個守衛同時亮出大刀：「既然沒錢，何必說這麼多，去去去，這裡不是窮酸讀書人來的地方。」

「他可是韓國的貴公子。」我指著韓非說。

「是韓國的窮公子吧？還不走！」一個守衛踢起腿，嚇得我們調頭就跑。

天上一朵白雲跟著我們。

我們走，那朵雲也走，我們停，那朵雲也停。

韓非笑著說：「宋王的人品不錯，聽說治國也很有方法，但為什麼國家這麼弱，你懂了嗎？」

「我懂了嗎？我連進去都沒進去啊！」我忿忿不平。

「這就對了。」

「這還對？」

韓非看看那朵雲：「韓明，有家酒店的酒特別香，酒卻一直賣不出去，為什麼？」

「一定是價錢貴。」

「如果價格便宜，夥計親切，連裝潢也比別人用心，釀出來的酒卻放到發酸，變成了醋，你再猜猜原因。」

啊！這可考倒我了。

我順著他的視線，看向那朵白雲：「難道是政府下令，不准百姓喝酒？」

韓非笑得更開心了：「韓明，那是因為酒鋪子外養了大狗，狗很盡責，把每個客人都趕跑了。」

「哈！我懂了，難怪宋王這麼好，國家卻這麼弱，因為他的守衛……」

我們的裝潢特別用心，金碧輝煌！
花瓶擺設令人賞心悅目。
現煮山泉水，茶葉現泡。
用餐加送一支竹馬，陪您遊走天涯。
不過菜的味道太差。
但是我們有很多優點。
你這是放錯重點，不能解決問題。

賣長矛圓盾的漢子

天下很大，我們走到南方，季節已是初夏。進了楚國城門後，日正當中，我的肚子餓得嘰哩咕嚕。城裡很熱鬧，大街擠滿了人，沿街全是小販，這裡賣菜，那裡賣布、賣米，也有人賣活雞和鮮魚。

我聞到一陣香味，哈！竹筍燉飯。南方山上有竹筍，這個季節來正好，鮮採的竹筍燉上一大鍋白飯，光用想的就讓人食指大動。

「韓非，吃飯了。」

「不急。」韓非掙脫我的手，走到槐樹下。

有個漢子吆喝著。

「韓非，你又不是大姑娘，幹麼學人家買菜？」

「韓明，你仔細看，他在賣兵器。」

漢子留著大鬍子，在槐樹前擺了兵器：「走遍咱們楚國，再也找不到比我這裡更好的武器了，上戰場殺敵，進老林打老虎，就得選我的兵器。」

漢子的聲音洪亮，攤前圍滿人，韓非拉著我往人堆裡去。

「你又不打架。」我說。

「但我喜歡看嘛！」韓非擠到最前面，笑著看漢子做買賣。

「你這兵器好不好用呀？」有人問。

漢子拿起一支長矛，它在陽光下閃著白光：「看到了沒？這支長矛可厲害了，它是用最好的青銅打造，鋒利無比，無堅不摧，天下最堅硬的強盾被它一刺，也是一個大窟窿。」他舉起長矛在空中刺了幾下：「今天各位太幸運了，我便宜一點賣，只要您買長矛，就送青銅短刀一把。」

可惜大家看的興致高，買的意願低。

漢子見反應不好，拿起一面圓盾介紹：「人家說，上戰場保命第一，留得老命在，回家吃鹹菜。各位，說起這盾那真是不簡單，它是神盾啊！用黑山老林最強韌的硬藤編織，足足六

層，這世界上任何的長矛，都休想刺穿它！」

他說到這兒，用長矛在圓盾上拍了拍：「我今天賠本賠定了，來來來，大特賣，隨便賣，買世界上最鋒利的長矛，送天下最堅固的圓盾，不買可惜啊！」

這話一說，大家都在掏錢了。買矛送盾好便宜，我也想買一支，和韓非闖天下就不怕盜匪了。

我的錢正要遞過去，韓非輕輕按住我的手，笑著說：「老闆，你說你的長矛能刺穿天下的盾；你的圓盾是天下的矛都刺不穿？」

「沒錯，您真有眼光。」漢子話一說完，四周的人全笑了。

在一陣笑聲中，韓非清脆的聲音響起：「那麼，我真想看看，用你的矛來刺你的盾，結果會怎樣？」

他說完話，四周陷入安靜。

「結果啊……」

大家也突然想到什麼似的：「老闆，我們也好想看看，結果會怎樣？」

「啊……這個……這個……」

漢子張口結舌，在眾人的大笑聲中，偷偷溜走了。

自相矛盾

自相矛盾是自己打自己嘴巴。
大王會嗎？
寡人從不自相矛盾。
大王晚上睡得好嗎？
好啊！但是做惡夢醒來了幾次。
大王最近吃得好嗎？
當然好，先吃胃散就能連吃五碗飯。
大王的軍隊實力如何？
那可是天下第一。除了比不過秦國騎兵、齊國步兵，寡人的軍隊真正強。
趙
齊
秦
楚
大王說話要有邏輯，才不會自相矛盾。
寡人都是想清楚再說話，
只有幾次例外。

這個季節的竹筍燉飯真好吃，竹筍鮮甜，白米飯清香。我連吃三大碗後，拍拍肚子，飽了。

韓非還在細嚼慢嚥。我誇他：「以子之矛，攻子之盾，韓非，真有你的。」

「誰叫他愛騙人！」

「他在做生意，生意人總是會誇張些。」

「但說的話總得合理，不合理的話，聽起來就好笑。」

韓非繼續撥著飯粒吃，不疾不徐，吃完飯粒再喝口茶，神情悠閒得像在自己家：「還是楚國的茶好。」

「我們為什麼要千里迢迢來楚國呢？」

「楚國地大物博，這裡曾有春秋五霸之一的楚莊王。」

「楚莊王？他不是三年不管政事嗎？」

「沒錯，楚國的大臣都很擔心，但是沒人敢勸他。」

「那怎麼辦？」

「說故事啊！」

「春秋時代就流行說故事了？」

「說故事沒負擔，不然，一個建言惹得大王不開心，你有幾顆腦袋讓人砍。」

我一聽，覺得脖子一陣涼颼颼：「難怪你不敢在大王面前說話，存心要害我啊？」

「韓明，故事如果讓大王聽得開心，他就封你做大臣，這麼好的機會，我都留給你。」

「那年楚莊王的大臣向他說了什麼故事？」

韓非正正經經的說：「那個大臣說，南方的山上有隻大鳥，在那兒停了三年，不飛不叫，安靜得一點兒聲音也沒有，問楚莊王知不知道那是什麼鳥？」

「楚莊王是鳥類專家？」

「他是個大王，住在深宮，哪懂什麼鳥？」

「這樣不明不白說一隻鳥，楚莊王哪會知道？」

「韓明，楚莊王可不像你，他一聽就明白了。」

「明白什麼？」

韓非嘆了口氣：「楚莊王說那隻鳥可不是平凡的鳥，牠雖然三年不飛不叫，但是等牠飛起時，一飛就到九霄雲外；目前不叫，但一叫就能震驚天下。」

我懂了：「竟然把楚莊王比喻成一隻鳥，他不怕殺頭？」

「故事說得好就不會，」韓非看了我一眼：「當年的楚莊王不是昏君，後來他親自處理政事，制定合理的法律讓人民遵守，提拔賢明的官員幫他治理國家，不到三年，楚國富足強盛，楚莊王成為春秋五霸之一。」

「所以你就來楚國說故事？」

韓非把碗放下：「不是我說，是你去說，看看你的故事說得好不好！」

一鳴驚人

楚莊王什麼事都不做，三年後一鳴驚人。
大王，該加稅了。
不急，寡人也來學學楚莊王。
大王，該徵兵了。
再等等，楚莊王可是等了三年。
大王，需要派使臣去齊國嗎？
慢慢來，一定有更好的方法。
大王，您什麼事都不做，國家怎麼辦？
寡人學楚莊王，先觀察再施政。
您觀察的結果是……
寡人的午餐菜色太差，該換個好御廚。

不相信自己腳的鄭國人

鄭國有個老人，名叫卜子。

卜子家裡窮，住茅草屋，睡茅草床，一天只吃一餐飯，一條褲子穿了十年也沒換。

這一年，卜子身上的褲子破得實在不像話，他好不容易湊足錢，上市集買了塊布，回家請妻子替他做條新褲子。

卜子的妻子已經十年沒做褲子了，她很慎重的問：「相公，你的褲子要怎麼做？先說了，太流行、太新潮的樣式我可不會。」

卜子是個老實人，他從沒想過要穿什麼新款式，一邊在田裡拔草，一邊說：

「照原來的樣子做一條就行了。」

「照原來的樣子啊？」

「對，我都幾歲的老頭了，照原來的就好。」

卜子的妻子費了好多天的功夫，終於把褲子做好，只是那條褲子拿出來時，把卜子嚇了一大跳。

新褲子竟然跟舊褲子一模一樣，這裡破個洞，那裡多一灘油漬，皺皺巴巴、破破爛爛。卜妻洋洋得意的說，為了那些破洞和油漬，她花了好多時間，才能做得跟舊褲子一模一樣。

＊　＊　＊

「好笑，好笑，太好笑了！」年輕的楚王手舞足蹈，「你真會說笑話，來人，賞韓明一根雞腿吃。」

「啊！雞腿？」我嚇一跳：「大王，這故事是有含義的，您剛登王位，要新人新氣象，不能像卜妻一樣……」

我底下有一大串的話要講，全是韓非希望我說的。

楚王卻催著我：「有趣，有趣，你真會說笑話，還有什麼笨人的笑話？」

臨上堂前，韓非提醒過，說故事要看對方的神色，說得對方高興了，就要乘勝追擊。笨人的故事不少，我還記得一個：

「前不久，我和韓非公子經過鄭國，遇見一個奇人，長得又高又壯，脾氣特別大，任何小事都能讓他暴跳如雷。」

「脾氣太大，寡人就砍了他的頭。」楚王笑盈盈的說。我以為他在說笑話，但回頭一看，滿殿的臣子都嚇得臉色蒼白。

「然後呢？」楚王問。

「我們遇到他的時候，他正好在路上撿到一個車軶，拿在手裡看了大半天，看不出那是什麼，拉著我問：『這是什麼東西？』我告訴他，那叫做車軶。」

「車軶？什麼是車軶？」楚王問。

旁邊有個大臣說：「啟稟大王，車軶就是一種用木頭做的梁，兩頭牛拉貨物時要用的架子。」

另一個大臣拿出筆來畫：「大王，這就是車軶。」

「誰看得懂？」楚王竟然生氣了：「到底什麼是車軶？」

一個人從外頭跑進來，手裡拿著一根木棍：「大王，請看。」

那是一根車軛。

「寡人的馬車上也有這個東西嘛！」他滿意了，回頭看看我：「別停，繼續說笑話。」

「我們和那個人走了一下子，他竟然又在路上撿到一根車軛。」

「這下子，他認得了吧？」

「不，他又問：『這是什麼？』」

「剛才不是看過了？」

「我跟他說是車軛，他就生氣了。」

「生氣？」

「那個人扯著我的領子，氣呼呼的說：『剛才是車軛，現在又是車軛，怎麼可能有那麼多車軛？你以為我傻嗎？』他氣憤難解，竟然打了我好幾拳，把我的臉都打腫了。」

「哈哈哈，真是個渾人！」楚王笑得好開心：「明明就是一樣的東西，算你倒楣，遇上這麼一個莽漢。」

楚王一笑，四周的臣子也跟著笑，嘻嘻，呵呵，哈哈，那笑聲極不自然，全是一幫馬屁精。

一想到馬屁精，我立刻想起韓非交代的話：「大王，人常受限於自己的視野，少見多怪，或自以為是，這都會遮蔽我們的看法和思想……」

我的話還沒說完，楚王抬手要我閉嘴：「來人，賞韓明先生十兩黃金。」

「我不要黃金，大王先看看韓非寫的書，您看完他的書，一定會更了解他。」

楚王皺起眉頭：「寡人聽到書就頭痛，你繼續說故事！」

「韓非公子的書……」

「說！」楚王瞪了我一眼。

「是是是，鄭國有個人……」

「又是鄭國，哈哈哈，這個國家的笑話還真多。」

「是是是，這個鄭國人，想為自己買一雙新鞋子。他去市集前，找來一小段繩子比對自己的腳，量好長短尺寸，然後就高興的出門了。他走得匆忙，忘了帶繩子。」

我看看楚王，他聽得好專心。

「這個人來到市集，直奔賣鞋的店鋪，在鞋鋪裡精挑細選，終於看中一雙鞋子。當他準備掏出繩子比對新鞋的大小時，才發現繩子忘記帶。他連忙對鞋鋪的老闆說：『對不起，我忘了帶尺碼，等我回家取來再買。』」

楚王很驚訝：「他要跑回家？」

「是啊，因為天色不早，所以他拚命的跑回家，果然發現繩子放在桌上，他拿了繩子急急忙忙跑回市集，儘管全力以赴，還是花了不少時間，等他回到市集，小販已經收攤打烊，鞋子沒買成，還得穿原來的破鞋回家，這樣來回奔波，他的鞋子破得更嚴重了。」

「你讓他來，寡人送他幾

雙新鞋。」楚王大笑著。

「鄭國人垂頭喪氣的回到家裡，鄰居問他發生什麼事，他把事情的經過一五一十的講一遍。鄰居聽了問道：『你買鞋時，為什麼不用自己的腳去穿一下，試試鞋的大小？』」

「對呀！他為什麼不用自己的腳試試？」楚王也問。

我學鄭國人說話的腔調：「那

怎麼行？我親自量的尺寸才可靠，我只相信用繩子量出來的尺寸，不相信我自己這雙腳。」

「哈哈哈，果然是笨人一個。」

「寧可相信尺碼，也不相信自己的腳，這故事在告訴我們……」

「不用告訴寡人那些有的沒有的，你再說點笑話！」

「這些笑話都是韓非寫的，大王想不想見見他？」

「一個結巴公子，算了吧！寡人只想聽你說故事。」

「我有他寫的書，我說的笑話都在裡面。」我急著把韓非寫的書遞出去。

楚王手一揮，「寡人聽到書就生氣，去去去，大好的心情全被你破壞了。」

幾個侍衛拉著我，把我趕出去。

一個凶巴巴的大臣說：「大王有令，明天一早，再來說故事。」

刻板保守

卜妻太好笑了，寡人最懂變通。
大王，今天沒鴨子，不能做您愛吃的烤鴨。
變通啊！改烤雞。
啟稟大王，今天也沒有雞。
你可以烤魚嘛！
漁夫沒捕魚來。
沒有魚就用蝦，烤蝦也行。
大王，您要不要到外頭客棧吃飯比較快，要什麼有什麼。
寡人很懂得變通，蝦子沒有的話，你烤跳蚤也行。
五個小時過了……
為什麼還沒好？
大王，跳蚤太難抓了，小的還在努力。

那個鄭人太沒自信了，連自己的腳都不相信。
大人對自己有自信？
當然，戰國第一神射手和第一棋手，全是寡人的手下敗將。
真是令人刮目相看。
寡人先在射箭場上贏了棋手。
在棋盤上又贏了第一神射手。
?!
今天，寡人還會在這裡，打敗戰國第一說故事高手。
不可能，誰的故事會說比我好？
寡人有士兵十萬，你還敢跟寡人爭第一說故事高手嗎？
小的不敢……

筷子裡的故事

明天說什麼故事呢？

楚王雖然不看書，但至少肯聽我說話，要是說得好……我興沖沖的跑進客棧，客棧裡來了四個黑衣男子。

「韓明，機會來了。」韓非滿臉喜色：「秦王讀了我的書，希望我立刻去秦國。」

「天下至尊的秦王

有令，請韓非公子即刻進宮。」黑衣人全站起來。

「韓非，我們還不能走；楚王明天還在等你的故事啊！」

「韓明，你繼續去說故事給他聽，楚王一定很快就聽膩，那時你來秦國找我。」

「我要說什麼故事呢？」

「我幫你排三個故事，這些故事說完，他應該就煩了。」

「三個故事？」

「對，就三個，放心吧！」

韓非心情很好，一邊打包，一邊哼著曲子，那幾個黑衣人對他恭恭敬敬，捧著他的包袱，幫他提行李。

「但是，你沒有我，跟秦王說話時，如果又結結巴巴……」

韓非微笑：「韓明，你放心，秦王讀過我的書，他懂我，我不會緊張。」

「他懂你？」

「你看，他特地派人不遠千里來找我，遇到懂我的大王，我說話就不結巴。」

我其實還想講什麼，但他不讓我說。

四個黑衣人包圍著他，牽出馬，扶他上了馬。

「韓明，我們就在這裡暫別。」

「你保重。」

「楚王聽膩你的故事之後，你就快來秦國。」

「那是你寫的故事。」

「由你嘴巴說出去，就是你的故事。」

月光清冷，他對我揮揮手，馬蹄達達，他騎著馬隱入無邊的黑暗裡。

客

第二天，我在金色的晨光中，走進楚國王宮。

沒有韓非在身邊，我得自立自強。

楚王看了我一眼：「今天，韓明先生講什麼呢？」

「今天的故事，主角是楚國人，有一天晚上他寫信給燕國的宰相。」

「我們國家的人啊！」楚王有興趣了。

「他寫信時燭光太暗，便吩咐僕人把蠟燭舉高：『舉燭。』而他自己竟然也把舉燭這兩個字寫進信裡。」

「燕國宰相看得懂嗎？」

「他看信時，對突兀的『舉燭』兩字百思不解。苦心揣測

老半天，猜想應該是他的老朋友寫信太含蓄。舉燭是為了看得明亮；要看得明亮，就一定要重用賢明的人才！」

楚王笑了：「胡說八道。」

「燕國宰相把這個意思告訴燕王，燕王也覺得有道理，後來就重視選拔人才，國家因此治理得很好。」我說完故事，看看楚王。

楚王先是笑了一陣，突然靜下來：「嗯，這個笑話不只是笑話，幸好燕相解釋得好，如果他悟錯，國家就危險了。」

「所以……」

「所以一件事要多方求證，對不對？」

奇怪，楚王的表情，和我第一次來的時候不太一樣。好像突然之間，他變得成熟了些。

第二天，我照韓非的安排，為楚王送去一雙筷子。

「象牙的？這麼貴重？」

我點點頭，不敢告訴他，那雙筷子是韓非家的傳家寶。

楚王低頭看著筷子，沉吟著：「這有什麼含義？」

「請大王用這雙筷子吃飯。」

「故事呢？」

我照韓非交代的說：

「就在這雙筷子裡。」

韓非猜想，年輕的楚王一定看不懂象牙筷子的含意，他會生氣，說不定還會把我趕出宮，我就能去找他了。

「記得把我家筷子帶出來，我在秦國等你。」韓非這麼說。隔天我再進王宮時，楚王抓著筷子，輕輕的拍著，表情很複雜。

「大王，用這雙筷子吃飯的感覺如何？」

楚王若有所思的說：「寡人沒用。」

「筷子不好用？」

「好用，太好用了，只是用了它，寡人就得配上金杯銀盤。菜餚也得是虎膽、熊掌這樣的山珍海味。」

「那樣不好嗎？」

「怎麼不好？」楚王露出譏諷的眼神：「吃得好，也要穿得好，寡人的衣服通通用金絲銀線編織；還要住得好，王宮擴大，園林擴建。楚國百姓做的事，都只為了服務寡人，那時楚國就危在旦夕了。」

「大王想得真遠，其實只是一雙象牙筷子，是韓非公子的心意。」

「這雙筷子是韓非送的？」

「是的。」

「請他來見寡人一面吧！」

「大王，第三則故事還沒說呢！」

「今天的故事是？」楚王有點迫不及待了。

第三則故事是關於衛國。

衛國有條法律：偷坐衛王的馬車要砍去雙腳。

那年，彌子瑕最受衛王寵愛。有一天深夜，彌子瑕聽到消息，他的母親得了重病。彌子瑕急得跑進宮，偷偷駕著衛王的馬車趕回鄉下探望母親。

大家以為彌子瑕的腳保不住了，沒想到衛王稱讚他：「彌子瑕真是個孝子，寧可腳斷掉，也要回家看老母親。」

又有一次，彌子瑕陪著衛王到果園玩，他採到一顆蜜桃咬了一口，發現桃子汁多味美，竟把咬過的桃子送給衛王品嘗。

僕人們都嚇得半死，誰敢那麼大膽，把咬過的桃子給衛王吃。

衛王看著桃子，竟然笑著說：「彌子瑕是真心愛我啊！只想到讓寡人嘗嘗甘甜，忘記剩桃上還沾著他的口水。」

幾年後，彌子瑕不受寵了，衛王罵道：「當初你偷駕寡人的馬車，狂妄至極；又讓寡人吃剩桃，藉此侮慢寡人，你該當死罪！」

故事說到這兒，我看看楚王，他也正看著我。

「這故事有意思。」

「大王覺得如何？」

「彌子瑕的行為一致，變的是衛王對他的看法。」

「所以……」

「國家訂出行為準則後，連國君都要遵守，不能單憑個人好惡來判案。」楚王呵呵大笑：「寡人要見見韓非，不管他結巴也好，能言善道也罷，寡人都要見他，聽他講話。」

我在心裡嘆了口氣，要是韓非早幾天聽到這個消息，不知道會有多開心。

「大王想見他？」

「當然，快去把他請進來！」

「啟稟大王，韓非公子被秦王接走了。」

「接走？這……韓明，你快騎上寡人的追電，攔住韓非。」

楚王激動的說：「不管秦王答應給他多少俸祿，寡人加一倍，秦王封的官職，寡人多加三級給他。」

「這……」

「你還猶豫什麼？快去，寡人等他！」

我匆匆告別楚王。

宮門外，侍衛已經牽來一匹黑色駿馬，全身毛色發亮，體態健壯。

「好馬。」我讚嘆。

「這是大王最喜愛的

寶馬——追電，盼韓明先生能
追回韓非公子。」

侍衛扶我上馬，一揚鞭，
追電就躍出一丈多，輕輕一喝，
牠已跑到城門外。

照這速度，我即便晚韓非
三天出發，應該還是追得到。

「韓非，別去秦國，
楚王聽得出你故事裡的
含意，他懂你！」

我心裡不斷重複這句話，希望能把韓非追回來。

等他一回來，我們就到楚王宮，向年輕的楚王說故事。

不守法紀

衛王憑自己的好惡，推翻法律。
乍看是彌子瑕倒楣，其實是衛國百姓遭殃。
寡人一向秉持公正，
今天寡人賞五百金給一位守法的馬車夫，因為他駕車有繫安全帶。
他拿了賞金會做什麼？
聽說他去報考駕馬車訓練班，考駕駛執照。
他是無照駕駛？
?!
?!
他即使喝酒，也會記得繫安全帶。
酒後駕馬車！
還好，他駕的是偷來的馬車。
這算是守法的馬車夫？
當然，因為他是寡人夫人的外甥嘛！

後記

我沒追到韓非。

韓非進了秦王宮，再也沒出來。

有人說，秦王用了他的學說，國家富強，軍力鼎盛，很快就要打天下。

也有人說，韓非不受秦王重用，被關進大牢，永遠出不來。

那天我騎著寶馬追電，追到了秦國邊境，就被秦軍攔住，沒有他們大王的手令，誰也進不去。

我在秦國邊境等了一個月，等不到韓非的消息。秦國加強軍備，嚴禁任何人打探，我被他們趕回楚國。

韓非在秦國，我留在楚國。

楚王很好學，他雖然年輕，卻願意聽我講故事。韓非寫了那麼多的故事，夠我講很久。

然而，我和楚王都想過：這些故事，如果讓韓非來講，該有多好！

韓非說過，遇到懂他的大王，他不會結巴的。

「楚王真的懂你，韓非。」這句話，他什麼時候才能聽到呢？

古話今說

古人這麼說：

宋人有耕田者，田中有株，兔走觸株，折頸而死。因釋其耒而守株，冀復得兔。兔不可復得，而身為宋國笑。

現代的意思是：

宋國有一個農夫，他的田地中有一截樹樁。有一天，一隻野兔跑得太快撞上樹樁，扭斷脖子死了。農夫因此放下犁耙不耕田，只守在樹樁旁邊，希望能再得到兔子。要再獲得野兔是不可能的，而農夫也成了宋國人的笑柄。

古人這麼說：

楚人有鬻盾與矛者，譽之曰：「吾盾之堅，物莫能陷也。」又譽其矛曰：「吾矛之利，於物無不陷也。」或曰：「以子之矛，陷子之盾，何如？」其人弗能應也。

現代的意思是：

楚國有一個人賣盾又賣矛，他誇耀著：「我的盾很堅固，無論用什麼東西都無法刺破它！」他又說：「我的矛很銳利，無論什麼東西都會被它刺破！」有人問他：「如果用你的矛去刺你的盾，會怎麼樣？」那個人被問得啞口無言。

繪童話
跟著歷史名人去遊歷：結巴貴公子韓非說故事
作者／王文華　繪者／陳虹伃

總編輯：鄭如瑤｜責任編輯：王靜慧｜內頁設計 & 美術編輯：林佳慧
封面設計：萬亞雰｜行銷副理：塗幸儀

社長：郭重興｜發行人兼出版總監：曾大福
業務平臺總經理：李雪麗｜業務平臺副總經理：李復民｜實體業務協理：林詩富
網路暨海外通路協理：張鑫峰｜特販通路協理：陳綺瑩｜印務經理：黃禮賢
出版與發行：小熊出版・遠足文化事業股份有限公司
地址：231 新北市新店區民權路 108-2 號 9 樓
電話：02-22181417 ｜傳真：02-86671851
劃撥帳號：19504465 ｜戶名：遠足文化事業股份有限公司
客服專線：0800-221029 ｜客服信箱：service@bookrep.com.tw
E-mail：littlebear@bookrep.com.tw ｜ Facebook：小熊出版
讀書共和國出版集團網路書店：http://www.bookrep.com.tw
團體訂購請洽業務部：02-22181417 分機 1132、1520
印製：凱林彩印股份有限公司

法律顧問：華洋法律事務所／蘇文生律師
初版一刷：2021 年 4 月｜定價：320 元
ISBN：978-986-5593-00-1

國家圖書館出版品預行編目 (CIP) 資料

跟著歷史名人去遊歷：結巴貴公子韓非說故事／王文華作；陳虹伃繪 . -- 初版 . -- 新北市：小熊出版：遠足文化發行，2021.04
112 面；21x14.8 公分 . --（繪童話）
ISBN 978-986-5593-00-1（平裝）

863.596　　110001595

小熊出版官方網頁　小熊出版讀者回函